모든 군인은 불쌍하다

박근형

작가소개

박근형

1963년 서울 출생. 연출가이자 극작가. 1999년
〈청춘예찬〉으로 평단과 관객에게 이름을 알렸다.
현시대 소시민의 일상을 그대로 무대 위에 옮겨 놓은
듯한, 인위적인 연극적 양식에 반하는 특유의
표현력이 특징이다. 희곡집으로 『박근형 희곡집1』,
『청춘예찬』, 『너무 놀라지 마라』 등이 있다.

일러두기

〈모든 군인은 불쌍하다〉는 2016년 3월 남산예술센터에서
초연된 작품임을 밝힌다.

20명 내외의 배우들이 일인 다역을 연기한다.

차례

(
　장면 1
　탈영병
)

등장인물

헌병
장교
부관
탈영병
그 외 군인들

¶ 2015년 9월 대한민국 경남, 철기부대 검문소

무대 밝아지면 검문소.
헌병들의 모습이 보인다.
좌우를 오가며 검문검색을 하고 있는 헌병이 무대 중앙에 선다.
잠시 후 장교와 부관이 들어온다.

헌병

충성, 근무 중 이상 무.

장교

인적사항 말해 봐!

헌병

1993년 부산 출신. 25사 보급대대 소속
홍명환 상병. 오늘 새벽 03시경 뚜렷한 이유 없이
중무장 상태로 근무지 무단이탈.

장교

까는 소리 하네! 야, 이 새끼야. 뚜렷한 이유 없이
왜 집을 나가? 너 같으면 달밤에 아무 이유 없이
총 들고 탈영하냐?

헌병

아닙니다!

장교

뭔가 심사 뒤틀리니까 토 까는 거지. 애정 문제,
가족관계, 왕따 이런 거 없어?

헌병

네, 전통문에 그런 건 안 적혀 있었습니다.

장교

그 새끼 뭐 갖고 나갔기에 중무장이래?

헌병

케이투 자동소총 일 정, 실탄 백사십 발,
구형 세열수류탄 이 정, 대검 한 자루입니다.

장교

새끼, 람보 찍을 셈인가? 바리바리 많이도 들고 튀었네.

헌병

탄약고 경계근무 중 환기구 파손, 무기 절취 이탈했습니다.

장교

고양이한테 생선가게를 통째로 맡기셨구먼.
나머지 경계병은 걔가 그 짓 할 때 뭐 했고?

헌병

변비 때문에 화장실에 있었답니다.

장교

아주 영화를 찍는구나, 이 새끼들 군기들 빠져 가지고!
그 밖에 특이사항 없어?

헌병

중대장 신용카드도 가지고 탈영했답니다.

장교

중대장 신용카드?

헌병

신한 비씨카드랍니다.

장교

뭐야, 카드까지 훔쳐서. 새끼 아주 저질에 악질이네.

헌병

그게 아니고 중대장이 친형이랍니다. 외박 때
쓰라고 줬는데 돌려주지 않고 가지고 갔답니다.

장교

그 새끼는 영창감이네. 형이란 새끼가 동생 하나
케어 못해서 비상을 때리게 해. 골로 갈 놈들 많네.
다른 쪽 검문소는? 신고 들어온 거 없고?

부관

아직 발견 소식 없습니다.

헌병

탈영 시 군복 미착용, 사제복 차림에 가발 착용
도주한 흔적만 있다고 합니다.

장교

첩첩산중이네 가발까지! 가발을 어떻게 부대로 반입해?

헌병

탈영 전날 부대 위문소로 택배가 왔답니다.
홍명환이 앞으로요. 다음 날 있을 부대원 장기 자랑
소품을 위해 반입 허가했다고 합니다.

장교

야, 대한민국 군대 진짜 개판이구나!
가발이 어떻게 부대로 반입이 돼?

헌병

위병소 애들이 중대장 동생이니까 알아서
긴 거 같습니다.

장교

그럼, 얘를 어떻게 잡냐. 아무리 길가에 바리케이드
치고 트렁크 뒤져봐야 사제복에 가발에 신용카드까지
들고 튄 애를 어디서 찾아? 나 참, 헌병 생활 날로
힘들어지네! 아직 기자들 눈치 못 깠지?

부관

예, 아직 눈치 못 챘습니다.

헌병

아닙니다. 벌써 아침 뉴스에 속보 떴습니다. 신경쇠약에
빠진 중무장 탈영병이 변장하고 부대를 탈영했으니
시민들은 두발 복장 언발란스한 낯선 사람 보면 신속히
제보 달라고 와이티엔에서 지금도 속보 계속 때립니다!

장교

신경쇠약, 그럴듯하다! 지금 몇 시야?

부관

08시 30분입니다.

장교

다섯 시간 지났으면 이 새끼 벌써 어디 시내에
짱 박힌 거 아냐? 만에 하나 모르니까 4인 1조, 정신들
바짝 차리고 검문 빡세게 실시한다! 실탄 지급시켰지?

부관

현재 진돗개 하나에 의거하여 실탄 지급 시켰습니다.
이상 없나?

헌병

실탄 장전 이상무!

병사들

실탄 장전 이상무!

장교

이 새끼는 왜 하필, 내가 당직 서는 날만 골라서
탈영을 해? 사진 줘봐. 뭐야 이 새끼, 골 때리게 생겼네.

E – 사이렌 소리.

장교

야! 저거 뭐야, 또 무슨 난리야? 뭐해 나가 봐!

부관

4인 1조!

헌병

4인 1조! 행동!

병사들

4인 1조! 행동!

헌병, 호루라기를 불면서, 병사들과 급히 나간다.
무대에는 장교와 부관만 남아 있다.

장교

너도 나가 새끼야!

부관

아, 예.

부관, 나간다.

장교

야. 홍명환! 너 왜 내 말년에 탈영을 했냐.
좀 참고 살지 새끼야?

다른 병사(탈영병) 들어온다.

장교

넌 뭐냐?

탈영병

육군병장 이원재 실탄 장전 이상무!

장교

너 뭐야?

장교를 보며 총을 겨눈다.

탈영병

나도 탈영하려구!

장교

(무대 바깥으로 도망치며)
어, 어, 어! 여기 탈영병 있다!

병사, 총을 들고 경계하면서 나간다.
동시에 일본국 보국대 들어온다.
여자 보국대원들 무대로 나와 노래.
M – 도키노 사쿠라.

일본 여자들
기사마토 오레토와 도키노 사쿠라
오나지헤이갓코노 니와니사쿠
사이다하나나라 치루노와 가쿠고
미고토 치리마쇼 구니노타메

노래 줄어들며 무대 전환.

장면 2
카미카제 — 송별식

등장인물

다카키 히데오

오카와 마사키

유미에

토메

유스케

노리코

¶ 1944년 9월 일본 도쿄, 유스케 집

토메와 유미에, 상을 차리고 있다.

토메

왜 이렇게 안 오지? 올 때가 됐는데…

유미에

엄마, 길 건너 소바집 오늘도 문 닫았어.

토메

그 집 아저씨 돌아가셨잖아. 지난번 공습에.

유미에

엄마 우리도 짐 싸고 떠나야 하는 거 아니야? 나 무서워.

토메

가긴 어딜 간다고 그래.

유미에

벌써 며칠째 공습인데 무서워 죽겠어.

토메

도쿄 떠난다고, 뭐 무사할 것 같아?

유미에

그나저나 어쩌지 엄마, 마사키가 소바 좋아했는데.

히데오가 등장한다.

히데오

어머니 저 왔습니다.

유미에

히데오 오빠?

토메

아이구, 이게 누구야.

히데오

육군중좌 다카키 히데오 인사드립니다.

토메

우리 히데오 진짜 군인 같다! 고생 많았지.
그새 계급이 올랐네.

히데오

그새라니요 어머니. 제가 이 계급장을 따기 위해
연병장에 흘린 땀이 얼만데요. 이 계급장엔 활화산 같은 제 청춘이 담겨 있습니다.

토메

그렇게 바쁜 군인이 어쩐 일로 우리 집에 다 오셨습니까.

히데오

마사키 송별식에 제가 빠지면 누가 옵니까. 이거 드세요.

토메

이게 뭔데?

히데오

마사키 어머니께서 같이 먹으라고 싸주셨어요,
불고기예요.

토메

이야 맛있겠다, 얘기 들었어, 히데오가 힘써서
입대시켰다고. 고마워! 우리 마사키 좀 잘 부탁해.
마사키는 내 친아들이나 다름없어.

히데오

마사키는 저 없이도 혼자 잘해낼 거예요.

토메

근데 마사키 군은?

히데오

곧 도착할 겁니다.

토메

왜 같이 오지 않고.

히데오

아시잖아요, 마사키 어머니 눈물 많은 거. 마사키가
갑작스레 자원을 하니까 얼마나 가슴 메어지시겠어요.

유미에

이게 다 전쟁 때문이야.

토메

그러게, 전쟁이 뭔지 누가 이기든 지든 빨리 끝나야지.
벌써 몇 년째 전시체젠지…

히데오

그래도 길게 보면 마사키가 잘한 결정이에요.
지금 같은 전시엔 마사키 같은 젊은이가 뭔가
적극적인 행동을 해야죠. 아마 마사키 어머니도

속으론 뿌듯해 하실 거예요!

토메
그러시면 좋으련만.

유스케, 등장한다.

유스케
앗, 히데오 형! 하쿠오 이치요!

히데오
하쿠오 이치요!

유스케
기사마토~!
  (같이 노래 부른다.)

유스케
휴가 나왔어요?

히데오
아니. 우리 유스케 보고 싶어 탈영했지.
  (공군 모자, 밀크 캐러멜을 주며)
  자, 선물!

유스케

이야… 미루쿠 캬라메루 이거 공군 모자!
엄마, 나도 히데오 형처럼 훌륭한 군인이 되고 싶다.

토메

쓸데없는 소리 좀 하지 마! 히데오는 훌륭한 군인이
아니야! 얘가 학교를 못 가서 입대를 한 건데…

히데오

아이 어머니도 참, 지난 이야기를 왜 꺼내고 그러세요.

노리코, 마사키와 함께 사케를 들고 들어온다.

마사키

늦었습니다!

유미에

마사키!

노리코

히데오 오빠! 휴가 나왔어?

유스케

아냐, 탈영했어.

노리코

어쩐 일이야? 집에도 안 오구!

히데오

야, 군인이 집에 갈 시간이 어디 있어?

노리코

왜 엄마 편지 답장 안 해? 엄마 맨날 오빠 걱정하는데.

히데오

야! 군인이 편지 쓸 시간이 어디 있어. 안 그러냐. 유스케?

유스케

텐노헤이카 반자이!

히데오

반자이～!

히데오

(분위기를 돌리려는 듯)

와! 뭐야 이 술, '구보타'잖아?

유미에

노리코가 자기 용돈 다 털어서 샀어.

히데오

야, 노리코 넌 오빠 입대할 땐 코빼기도 안 보이더니만.
마사키한텐 이 좋은 술을 사?

노리코

오빠하고 마사키 오빠하고 같은가 뭐.

토메

자 건배하자!

유스케

마사키 형의 군 입대를 축하합니다! 텐노헤이카 반자이!

히데오

마사키가 자랑스런 내 부하가 된 것을 축하하며!
하지만 난 교관이고 넌 훈련병이니까 부대에선
절대 용서 없다?

마사키

하이!

노리코

마사키 오빠의 성공과 건강을 위하여! 간빠이!

술을 마신 뒤.

노리코

에이, 무슨 송별식이 이래. 다른 오빠들 군대 갈 때
보면 게이샤를 끼고 밤새 술 마시고 노래 부르면서
놀고 그러던데.

토메

얘, 그것도 좋은 시절 이야기지. 요새 게이샤 집이
어딨니. 밤만 되면 공습 때문에 전부 불 끄고 그러는데.

노리코

(갑자기 일어나며)
일본 모든 병사들에게 바칩니다.

노리코, 일본 엔카를 부른다.

노리코

사비시이 케레도 카아사마토
쿄오모 마도카니 네무루노모
헤이타이 상노 오카케데스
오쿠니노 타메니 센시시타
헤이타이 상노 오카게데쓰
헤이타이 상요 아리가토오

헤이타이 상요 아리가토오

모두들, 박수 치며 좋아한다.

마사키
우리 노리코, 정말 고맙다. 편지할게. 유미에…
건강하게 있어야 한다.

유스케
에이, 왜 이리 민숭민숭해. 마사키 형도 히데오 형처럼
군인이 되는데 군인다운 포부를 말해봐.

마사키
난 아직 훈련병이야. 히데오하곤 달라.

유스케
훈련병은 뭐 군인 아닌가.

히데오
그럼, 마사키는 장차 일본 제일의 조종사가
될 거야. 일본의 린도바그!

유스케
와, 린도바그! 대서양을 최초로 건넜다는

그 위대한 조종사?

히데오

어, 린도바그는 대서양을 건넜지? 마사키는
태평양을 건널 거야.

유스케

그런데 마사키 형은 조선 사람이잖아. 어떻게
조선 사람이 우리 일본 사람보다 조종을 잘해?

토메

유스케!

유스케

사실이 그렇잖아.

유미에

빠가야, 지금 조선이 어딨어? 조선이 일본이고
일본이 일본인데.

마사키

아냐, 유스케 말이 다 맞지. 난 원래 반도 출신이니까.
하지만 지금 내 몸에 흐르는 피는 너희들과 다르지
않다고 믿어. 비록 내 아버지가 현해탄을 건너

조선 땅에서 왔지만 조선 사람은 내 아버지로 끝이야.

히데오

나도 믿는다. 그래, 맞아. 마사키는 누구보다 더
일본인답게 살 거야.

마사키

고맙다. 부족한 내 가능성을 믿어준 히데오!
정말 고맙다! 너를 볼 때마다 친구란 무엇인가
항상 가슴속에 새기고 있어. 고맙다.

M - 노영의 노래.

코이노 이노치오 타즈누레바
나오 오시무카나 오토코유에
토모노 나사케오 타즈누레바
기노 아루도코로 히오모후무[1]

히데오

하이 아리가토.

---

1   연애라는 걸 생각하며 남자의 명예를 더럽히는 연애를 해서는
    안 된다. 친구의 정을 생각하며 의를 중히 여기고 그를 위해서는
    불속에도 들어가야 한다. - 요사노 텟칸

사이, 토메 아줌마가 눈시울을 적신다.

유미에

엄마… 이 좋은 날 왜 울고 그래.

토메

옛날 생각이 나서 그렇지…

마사키

어릴 때부터 지금까지 친부모님처럼 대해준 토메
어머니 감사합니다. 기억나세요, 어머니? 우리
중학교 땐가 운동회 때 청군 백군 나뉘어서 오자미로
바구니 터트리는 거 할 때 전 운동장 한쪽에 쭈그리고
앉아 있는데… 어머니가 오재미 세 개하고, 유부초밥
가져다주셨잖아요. 그제서야 제가 신이 나서 운동장으로
달려갔었죠. 그때 어머니가 목이 터져라 제 이름을
외쳐주셨죠. 제가 전쟁 끝나고 돌아오면 그 은혜 다
갚겠습니다. 절 받으세요.

토메

마사키 군. 나는 은혜 같은 거 다 필요 없고,
그저 몸 건강히 잘 다녀와. 이럴 줄 알았으면
둘이 약혼식이라도 먼저 시켜 놓을걸.

E – 사이렌 공습경보.
토메와 노리코가 그릇을 정리한다.
유스케는 테이블 밑으로 들어간다.

노리코

또 공습이다!

토메

어여들 불 끄자!

유스케

저 아메리카 개새끼들!

마사키

어머니 다녀오겠습니다!

노리코

오빠 편지해!

유스케

텐노헤이카 반자이!

마사키

다녀오겠습니다.

유미에

마사키! 오빠, 이거! 행운을 빌어.

히데오

키오쓰케 케이레이.

암전.

M – 도키노 사쿠라.

（
장면 3
이라크
）

등장인물

서동철
황난희(동철의 약혼녀)
미군 1, 2, 3, 4, 5, 6

¶ 2003년 8월 대한민국 서울 광나루, 동철의 자취방

난희

여권이랑 카메라 다 챙기고?

동철

응.

난희

비상금은?

동철

오십 달러.

난희

오십 달러 가지고 어떻게 살아.

동철

돈 쓸 일이 뭐가 있어.

난희

감기약이랑 진통제 넣어 놓을게. 주사는 맞았어?
거기 풍토병 심하다던데.

동철

어제 보건소에서 맞았어.

난희

짐은? 다른 짐은 어디 있어.

동철

없어.

난희

뭐야. 짐이 달랑 이거 하나?

동철

응. 이 안에 필요한 거 다 넣었어.

난희

오빠 지금 3박 4일 수학여행 가는 거 아냐!

동철

알아.

난희

알긴 뭘 알아. 아는 사람이 짐이 이게 뭐야!
오빤 지금 지구 반대편 이라크란 나라로 가는

사람이야. 내가 도와줄게 처음부터 다시 챙기자.

동철

내가 다 알아서 할게. 걱정하지 마.

난희

어떻게 걱정을 안 해. 오빠는 해외여행은커녕
제주도도 한 번 안 가봐서 세상 물정을 모른다니까.

동철

나도 다 알아. 회사 오리엔테이션 가서도 설명 다 들었어.

난희

오리엔테이션하고 실전이 같냐?

동철

다를 건 또 뭐냐?

　　(약혼녀의 사진을 꺼내 보이며)

　　나 아무것도 안 가져가도 돼. 나는 이 사진 한 장만
　　있으면 어디든 갈 수 있어. 그러니까 걱정하지 마.

난희

알아. 그래도 걱정돼. 거긴 전쟁 중이잖아!

동철

전쟁은 내가 하나? 미군이랑 그 사람들이 하는 거지.
난 미군 부대로 가는 거야. 그건 큰 우산을 쓰고
가랑비 오는 길을 다니는 거랑 같아. 이 오빠 절대
비 안 맞아! 눈 크게 뜨고 잘 보고 올게. 걱정 마! 근데
이상하다 진짜 무섭기보다는 설렌다, 전쟁터라는 게!

난희

오빠 사막에서 이상한 사람들 보면 다 피해 다니고,
전화 자주 해야 돼! 아프면 안 돼!

동철

그래, 나 안 아플게!
　(사이)
　일 년만 고생하면 목돈 될 거야.
　그때 우리 식 올리자.

난희

오빠…
　(와락 끌어안는다) (갑자기 무언가 생각난 듯)
　아, 맞다. 고추장!

동철의 약혼녀, 고추장을 찾기 시작한다.

동철

고추장?

난희

고추장 챙겼어?

동철

야. 촌스럽게 고추장은.

난희

오빠 외국 처음 나가는 거라 몰라서 그래.
고추장 없으면 사막에서 죽어! 고추장만 싸 가라.

동철

가면 다 있다니까. 내가 일하는 회사가 식품
납품 업첸데 그런 게 없을까.

난희

거긴 미군들 상대로 납품한다며 미군이 고추장이
왜 필요해.

동철

요샌 미군도 고추장 먹어. 고추장도 먹고
된장도 먹고. 새우젓도 먹고 글로벌 시대잖아.

난희

그런데 오빠 정말 아랍 말은 제대로 할 줄 알아?

동철

오빠, 전공이야. 믿어!

난희

그럼 이거 해봐! 살려 주세요. 살려 주세요!

동철

그런 말을 뭐 하러 하냐.

난희

왜, 사막 같은 데서 물이라도 없으면 할 줄 알아야지.
해봐, 응?

동철

"안끼두니. 안끼두니."

난희

그럴듯한데? 그럼 이건? 나는 지금 배가 고픕니다.

동철

"아나, 자우아눈 짓단"

난희

나는 난희가 보고 싶어요.

동철

"아나, 우리-두 안 아라아 난희"

난희

나는 난희를 사랑합니다!

동철

"아나, 우히부 난희"

난희

나는 난희를 죽을 때까지 사랑합니다!

동철

"아나, 우히부 하타 아마-타 난희"

약혼녀, 동철 포옹한다.

이슬람 예배 음악.

E - 헬기 소리.

희미해지는 조명 속으로 한 무리의 중무장 미군 병사들.

군가를 부르며 구보한다.

미군들

Up in the morning, outta the rack
Greeted at dawn with an early attack
First Sergeant rushes me off to chow
But I dont need it anyhow.

동철

갔다 올게!

동철, 미군들 따라서 트렁크를 짊어지며,
노래를 부르면서 함께 구보한다.

（

장면 4
탈영병

）

등장인물

탈영병
아버지
아나운서

¶ 2015년 9월 대한민국 서울, 아파트 경비실

아나운서

최근 전염병처럼 전국에 걸쳐 연쇄적으로 탈영병이
속출하고 있습니다. 오늘도 강원도 모 부대
이 아무개 중사와 강화도 해병 오 아무개 상병이 총기를
소지한 채 부대를 무단이탈한 사건이 또 발생해서
시민들을 불안에 떨게 하고 있습니다. 군 당국에 의하면
현재까지 확인된 탈영병의 숫자는 이십여 명이 넘는
걸로 파악되고 있습니다. 시민들은 가급적 외출을
자제하시고 탈영병으로 의심되는 사람을 발견할 시
가까운 군부대나 경찰서로 연락 바랍니다.

E - 인터폰 소리.

아버지

네. 네. 제가 오백칠 호에 얘기할게요. 내가 잘, 알아서
얘기할게요. 네. 주무세요. 네. 안녕히 주무세요.
　　(인터폰 끊고)
　　밖에서 계속 숨어 있을 거야?

탈영병, 경비실로 들어온다.

탈영병

죄송해요. 어떻게 아셨어요? 저 온지.

아버지

아버지가 아들 냄새 모르면 그게 아버지냐?
앉아, 밥은?

탈영병

먹었어요.

아버지, 고구마를 준다.

아버지

먹어 둬. 쉬진 않았을 거야. 아침에 싸 왔으니까.

탈영병

집에 가봤어요. 다 헐고 공사하던데요.

아버지

신문도 안 보니. 재개발하잖아. 아파트 들어설 거래.
거기, 프레지오.

탈영병

그럼 우리도 이제 아파트에서 살아요?

아버지

무허가 철거민한테 아파트 공짜로 주는 바보가 어딨냐.

E – 인터폰 소리.

아버지, 인터폰 받는다.

아버지

네, 경비실입니다. 네. 사백칠 호요. 예 알겠습니다.

인터폰 끊는다.

아버지

이 집 맨날 싸운다.

인터폰 건다.

아버지

예. 오백칠 호죠? 사백칠 호에서 쿵쿵댄다고 그러는데,
아니라구요? 네. 네. 알겠습니다.

인터폰 끊는다.

아버지

여기도 맨날 이래. 위아래가 원수지간이다.

49

인터폰 건다.

아버지

네. 사백칠 호죠? 잘 얘기했어요. 네. 네.

인터폰 끊는다.

사이.

탈영병은 물끄러미 아버지를 바라보고 있다.

탈영병

잠은요. 여기서 주무세요?

아버지

아니. 혼자 사는 과부가 하나 있는데 나한테 잘 해줘.
거기 얹혀살아. 그 고구마도 과부가 싸준 거야.
당뇨에 좋다구.

탈영병

잘됐네요. 병원은요?

아버지

병원보다 약국이 더 친절해서 병원 끊었다.

탈영병

혹시나 해서 와봤어요. 아직도 여기서 일하나 해서요.

아버지

나 같은 사람 받아 주는 데 이런 데 말고 어디 있겠냐.
아파트 주민들 마주치면 웃으면서 인사 까딱까딱
해주고, 밤에 랜턴 들고 놀이터 한 바퀴 돌고 오면 하루
끝이지 뭐. 나머지는 이 시시티브이가 다 알아서 해줘.
가끔 술 취해서 집 못 찾는 사람이 애 좀 썩이지만…
　　(사이)
　　왜 탈영했냐. 총까지 들고? 누구 쏘고 싶은
　　사람 있어?

탈영병

아뇨, 그런 거 없어요. 총이 없으면 불안해서요.
밤에도 이불 속에 넣고 자지 않으면 잠이 안 와요.
말년 증후군이래요.

아버지

(총을 만지려 한다)
너도 이제 군인 다 됐구나.

탈영병

(총을 빼앗으며)

위험해요. 총알 들었어요.

아버지

아까 헌병 왔다 갔어. 자수하래! 전화만 하면 바로
지프차로 데리러 올 거래. 정상참작은 해준대. 재판받고
반성문 쓰면 다 끝난대. 남한산성에 끌려가도 이제
구타도 없어졌대. 너보고 희한한 군인이래, 한 달만
있으면 제댄데 그걸 못 참느냐고. 왜 탈영을 했는지
모르겠대. 그래서 나도, 나도 모르겠다고 말했지.

탈영병

(앞으로 나와서)

제가 하는 일이 매일 검문소 앞에서 탈영병 잡는
일인데, 잡혀온 군인들이 다 고개를 못 들어요. 검문소
바닥에 무릎 꿇고 비는 병사들도 있고…… 그때 갑자기
그런 생각이 들었어요. 나도 한 달 후, 전역하고 사회
나가면 저렇게 살겠지. 매일 매일 검문소 통과하면서
죽을 죄 지은 사람처럼 기 못 펴고. 살기 위해 무릎 꿇고
뭘 잘못했는지 모르면서 계속 빌고 살겠지.

아버지

군대 가서 도사 다 됐구나.

탈영병

이런 생각 오래됐어요.

아버지

총 들고 나가면 네 맘대로 다 될 것 같아?

탈영병

상관없어요. 어차피 내가 제대해도 세상에 달라지는
건 아무 것도 없으니까요. 비전도 없고, 직업도 없이
비실비실거리며 사느니 차라리 지금 총이라도 있을 때
세상으로 바로 가자! 아주 잠깐이라도 내 식대로
살자는 거죠.

아버지

말년 생활이 편하니까 별짓을 다 하는구나.
쫓겨 다니면서 숨어 사는 게 좋아? 이게 네 식이야?

탈영병

어차피 한 달 후면 지금보다 더 비참해질 거예요.

아버지

니가 선택한 길이니 니 마음대로 해라. 앞으로
어쩔 셈이야, 뭘 할 건데?

탈영병

모르겠어요. 처음엔 뭔가 생각이 있었는데,
지금은 그냥 깜깜해요.

아버지

가난이 널 너무 진지하게 만들었구나! 너무
진지하면 위험해! 이제 그만하고 들어가, 부대.
아버지가 전화해 줄까?

탈영병

아뇨, 이제 거긴 안 가요! 거긴 있을 만큼 있었어요.

아버지

여긴 왜 왔는데?

탈영병

인사하려고요.

(봉투를 건네며)

그동안 군대에서 모은 월급이에요. 어릴 때부터
맹세한 게 있어요. 아버지처럼 살지 말아야지,
그러진 말아야지 했는데 결국엔 아버지만도 못하게
끝나네요. 그래도 지금은 아버지가 창피하지는
않아요. 안녕히 계세요, 갈게요.

아버지

갈 덴 있어? 아줌마한테 얘기해서 재워줄까?

탈영병

아뇨, 신세지고 싶지 않아요.

아버지

어서 들어가. 헌병들 또 올지 몰라.

탈영병

무서우세요?

아버지

당뇨병보다 무서운 게 있을라고.

인터폰 소리.
탈영병이 받는다.

탈영병

예. 경비실입니다. 사백칠 호요? 예, 밤에
전화하지 마세요.

탈영병, 인터폰 선을 거칠게 뽑는다.
다시 연결하는 아버지.

탈영병

밤새 여기 있는 거예요?

아버지

이번 주는 아침 교대야. 그때까진 여기 지켜야지.
지금이라도 부대로 돌아가.

탈영병

고구마가 당뇨엔 치명적이래요. 오늘만
제가 지켜줄게, 주무세요.

탈영병, 총을 들고 좌경계 총 자세를 취한다.
바람 소리.
암전.
해군 비상 사이렌.

（
장면 5
초계함
）

등장인물

나일병
안이병
임하사
박상병
오대위
김소령

어둠 속에서 들려오는 절박한 소리들.

소리 1

선수침수!

소리 2

통신두절!

소리 3

좌현침수!

소리 1

제1 격벽 폐쇄!

소리 2

제2 격벽 폐쇄!

한국 군함 행진곡.

¶ 2010년 4월 대한민국 서해, 백령도 부근 초계함.

심문관 소령은 책상에 앉아 있고, 병사들이 일렬횡대로 앉아 있다.
군인들은 자신의 순서가 오면 일상적으로 편안하게
자신들의 이야기를 한다.

김소령

다음!

나일병

일병 나영범. 일병 나일병! 어… 그날이 그날, 그러니까
순검하기 전까지 저한테 미션이 하나 주어졌습니다.
초코파이를 모아 오래요. 분대장 생일이라고. 한
내무반당 하나씩 안 모아 오면 죽는다고… 케이크를
만들어 오라고 명령을 받았습니다. 아, 그런데 아무리
사정을 해도 안 줘요. 진짜… 나는 그 초코파이를
진짜… 그런데 나중에 안 건데 승선해서는 과자 같은 걸
절대 남한테 주지를 않는데요. 배 안에는 개수가
한정되어 있어서요. 내가 그걸 몰라서… 그래도 욕먹고
얼차려를 받다가 두 갠가 모아서 내무반에 돌아왔더니
선임들이 이 새끼 까야 한다고 갑자기 불을 끄라고
하는 거예요. 몰랐어요. 진짜. 몰카였죠. 갑자기 선임들이
초코파이를 모아서 생일 축하 노래를 불러 주더라고요.
나는 황당해서 어떻게 해야 할지 몰랐는데 촛불 다
끄고 불을 켜야 하는데.

김소령

다음!

임하사

하사 임하사! 실은 저는 이번 훈련을 끝으로 전역을
하고 같은 군함에 있는 서수현 하사와 결혼하기로
했었습니다. 그래서 깜짝, 그런 파티… 프로포즈를 훈련
마지막 날에 하려고 준비하고 있었고 특별한 편지를
쓰려 했었습니다. 그래서 인터넷으로 좋은 사랑의 글귀가
없나 찾아봤는데 마음에 드는 게 두 가지였어요.
위에 것이 좋을까 뒤에 것이 좋을까 고민하고 있었는데
갑자기 뒤에서 누가 위에 것이 좋다고 하는 거예요.
정말 깜짝 놀라서 보니까 수현이가 뒤에서 다 보고 있는
거예요. 뭐하는 거냐고. 그러고는 갑자기 반지를
꺼내면서 이게 뭐냐고 하는데 나는 화가 나서 이거
어디서 났냐고… 이런 걸 베개 밑에 숨기면 어쩌냐고…
알고 보니 그 친구가 다 눈치 채고 있었더라고요.
제가 샴페인 다 사놓고 반지 이런 거 다 사놨는데,
분위기 깨고, 눈치가 너무 빨라요. 화가 나가지고 빨리
반지 달라고 그랬는데 안 주는 거예요. 계속 장난치고…

김소령

다음!

오대위

대위 오대위입니다… 저는 생활실에서 아들이랑
전화통화로, 그러니까 제가 결혼을 늦게 해서 최근에,

아들이 하나 생겼는데요. 와이프랑 전화할 때마다…
근데 이런 얘기해도 되나요?

김소령

해보세요.

오대위

네. 그 제 아들이 조금 있으면 세 살입니다.
이름은 오두원. 이 녀석이 말을 하기 시작하는데요.
얼마 전까지만 해도 엄마, 엄마만 불렀는데 최근에
있어서 아빠를 알아보고 아빠를 부르더라고요.
그러니까 사실 아빠는 아니고 두원이가 빠, 빠, 빠
그러더라고요. 들으니까 기분이 너무 좋더라구요.
그래. 아빠야. 아빠다. 저… 근데 빠, 빠, 이러는 게
아빠 그러는 거 맞습니까.

김소령

예, 맞습니다.

오대위

아우, 감사합니다. 제가 아들 사진 놓고… 막 보는데…
제가 위에서 스트레스를 많이 받고 오는데, 아들이
너무 보고 싶은데 보지도 못하고 나가지도 못하고…
그저 아들 사진만 딱 보는데, 보면 너무 행복한데,

또 목소리가 듣고 싶고. 그래서 집에 전화를 하면 아들을
바꿔주니까. 두원이가, 우리 아들이 또 빠, 빠, 빠
그러면 제가 며칠 있으면 집에 갈 거야. 이제 아빠가…
그럼 또 빠. 빠. 빠. 저 이런 이야기 계속 해도 되겠습니까.

김소령

다음.

박상병

상병 박상병! 입니다. 제가 야간 경계병 근무를
맡았는데, 군 생활 내내 제가 늘 지각을 해서 늘 오 분,
십 분 늦게 나갔거든요. 매일 늦게 나가서 병장님한테
매일 혼나고 꿀밤 맞고… 그날은 정말 일찍 일어나려고
앉아서 졸았는데 또 오 분이 늦은 거예요. 바로 일어나서
렌즈만 빨리 끼고 나가려고 했는데 렌즈가 잘
안 껴지는 거예요. 나 이제 죽었다. 그래서 결국 렌즈는
끼지 않고 그냥 나왔어요. 배고프니까 제 관물대에서
샌드위치 두 개를 들고 올라갔어요. 그렇게 가서 근무를
서면서 이제 샌드위치를 먹었어요. 근데 배가 아픈
거예요. 배가 슬슬 아파서 이상해서 샌드위치를 보니까
유통기한이 이틀이나 지난 거예요. 아 그래서 안 그래도
울렁울렁한데 배탈까지 나니까 갑판에서 토하고
방구 뀌고 그러면서 경계 근무를 서고 있었습니다.

김소령

그만!

안이병

이병 안이병입니다. 저는 어디 있었는지
기억나지 않습니다.

김소령

뭐라구요?

안이병

그날 뭘 했는지 기억이 나지 않습니다.

김소령

한번 잘 생각해 보세요.

안이병

그날 아무것도 기억나지 않습니다. 아무것도,
기억나지 않습니다. 그냥 깜깜합니다.

김소령

이런 깜깜한 새끼! 나가, 이 배에서!

이병 소리 없이 나간다.

일본군 보국대 무대로 걸어 나와 노영의 노래를 부른다.

M-노영의 노래.

일본 여자들
캇테 쿠루조토 이사마시쿠
치캇테 쿠니오 데타카라와
테가라 타테즈니 시나료카
신군랍빠 키쿠타비니
마부타니 우카부 하타노나미

(장면 6
카미카제)

등장인물

다카키 히데오
오카와 마사키(조선인)
오니시 다스지로(교장)
미야자키 켄이치
미우라 신지(조선인)
나카무라 준스케

¶ 1944년 12월 일본 도쿄, 카스미가우라 항공학교

오니시 다스지로, 이 층에 서 있다.
시상할 준비를 하고 있다.
히데오가 표창 수여식을 진행한다.

히데오
미우라 신지.

미우라
미우라 신지.

히데오
나카무라 준스케.

나카무라
나카무라 준스케.

히데오
앞으로. 표창장. 귀병은 이번 비행 전투 훈련에서
우수한 성적을 거두었으며, 타의 모범이 되었기에
이에 표창을 수여함. 쇼와 십구 년 카스미가우라
항공학교 대좌 오니시 다스지로!

미우라

(상장을 받으며)

미우라 신지, 충성을 다하겠습니다.

히데오

표창창 나카무라 준스케. 이하 동!

나카무라

나카무라 준스케! 최선을 다하겠습니다.

히데오

다음은 오니시 다스지로 교장님의 훈시가 있겠습니다.

키오쓰케! 케이레이!

일제히 거수경례를 한다.

히데오

바로!

교장이 일본 말로 말하면, 한글자막.

오니시 다스지로

기미타치와 호코라시이 세이넨다치 데아루

(여러분은 자랑스러운 청년들입니다.)

신조니 치가 와키아가루 아쓰이 세이넨 데아루

(심장에 피가 끓어오르는 뜨거운 청년들입니다.)

세이넨코소 와타시타치 니혼노 사이고노 호루이 나노다

(청년이야말로 일본의 마지막 보루입니다.)

이마 와타시다치 니혼와 칸아쿠나 아메리카 테이코쿠

슈기샤타치노 사이고노 아가키오 타에테이루

(지금 우리 일본은 간악한 아메리카 제국주의자들의

마지막 발악을 견뎌내고 있습니다.)

다가 소노 아가키와 나가 쓰즈키와 시나이

(그러나 그 발악은 오래가지 못합니다.)

나제카! 소레와 와타시타치니 훗쿠쓰노 세이넨

코쿠단가 아루카라다

(왜냐! 우리에겐 불굴의 청년 항공단이 있기 때문입니다.)

코쿠단노 세이넨 타치요! 기미타치와 니혼노 미라이데아루

(항공단 청년제군들이여! 여러분은 일본의 미래입니다.)

이야! 기미타치 지신가! 스나와치! 다이닛뽄나노다!

(아니, 여러분 자신이 바로 대 일본입니다!)

요코로노 요나 기미타치노, 아이코쿠신오 와타시와

신지테 우타가와나이

(용광로 같은 여러분의 애국심을 나는 믿어

의심치 않습니다.)

제히토모 기오히키시메테 텐노헤이카노 오메시니

요로콘데 오지

(부디 마음을 군건히 다잡고 천황폐하의 부르심에

기꺼이 따르는)

호코라시이 코쿠 소주시니 나루코토가 데키루 요오

사이젠오 쓰쿠시테 호시이

(자랑스러운 항공 조종사가 될 수 있도록 최선을

다하길 바랍니다.)

텐노헤이카 반자이! 이조!

(천황폐하 만세! 이상.)

히데오

다음은 카미카제 맹세! 훈련병 대표 앞으로.

나카무라

카미카제의 맹세!

모두

카미카제의 맹세!

나카무라

하나! 나는 무적의 카미카제다!

모두

나는 무적의 카미카제다!

나카무라

하나! 나는 대 일본 제국을 위해 목숨을 바친다!

모두

나는 대 일본 제국을 위해 목숨을 바친다!

나카무라

하나! 내 육신은 죽지만 정신은 죽지 않는다!

모두

내 육신은 죽지만 정신은 죽지 않는다!

나카무라

나는 죽지만 죽지 않는다!

모두

나는 죽지만 죽지 않는다!

나카무라

우리는 영원하다.

모두

우리는 영원하다.

히데오

텐노헤이카 반자이!

모두

반자이, 반자이, 반자이.

히데오

키오쓰케! 케이레이!

(제독께 대하여 경례)

교장 퇴장.

히데오

바로! 열중쉬어! 쉬어! 자, 그동안 고된 훈련을
소화하느라 모두 고생했다. 그러나 훈련은 훈련일 뿐
실전과는 차원이 다르다! 훈련은 다시 할 수 있지만
실전에는 다시가 없다. 이제 남은 건 실전이다! 실전에
생사가 단 한순간에 판가름난다. 각오 단단히 하도록!
알겠나?

모두

하잇!

히데오

대신에 오늘 하루 전원 다 편안한 시간 보낼 수 있도록.
이 시간 이후로 별다른 통제는 없을 것이다. 수고했다!

히데오, 훈련병들을 토닥이고 훈련병들은 관등성명을 한다.
히데오, 나간다.
무리가 갈려 두 사람을 축하한다.

나카무라

미우라, 축하한다. 이 자식. 처음 왔을 때부터
남다르다고 생각했는데.

미우라

고마워.

이때, 달려오는 켄이치와 훈련병이 미우라 신지를 때려눕힌다.

나카무라

왜 그래, 무슨 일이야.

켄이치

넌 가만히 있어. 미우라, 너 이번 비행 때 탄약 몇 킬로
넣었어! 말 안 해? 내가 대신 말해 줘? 이 자식
이번 비행 때 탄약 한 박스 뺐어. 우리가 이백 킬로씩

타고 날 때 이 녀석만 가볍게 난 거라구!

나카무라

켄이치, 그거 확실해?

켄이치

내가 똑똑히 봤어.

나카무라

정말이야? 야, 미우라 니가 말해봐.
아니라고 말하라고, 이 자식아.

켄이치

봤지? 조선 놈들은 다 이래. 잘해주면 잘해줄수록
머리끝까지 기어오르지. 지 잇속만 챙기고, 어떻게든
속여서라도 자기만 일등 하면 되고, 그렇게 일등
하고 싶었냐? 그러고도 니가 우리랑 한 팀이라고 할 수
있냐구? 이 조센징 새끼야!

켄이치, 미우라 신지를 발로 걷어찬다.

마사키

그만둬. 내 잘못이야. 내가 탄약을 실었는데 마지막에
미처 확인을 못 했어.

켄이치

뭐야, 너도 조선 놈이랍시고 이 자식 감싸는 거야?
너도 비겁한 조센징 새끼냐. 왜 말을 못 해!

마사키, 켄이치에게 달려든다.
켄이치네 패거리가 마사키를 일방적으로 때린다.
그때, 히데오가 들어온다.

히데오

동작 그만!
(훈련병들 2열 횡대로 선다)
엎드려!

전원 엎드린다.

히데오

지금 아메리카 제국주의자 놈들이 우리 일본을 언제
집어삼킬지 모르는 이때에 나라를 위해 싸워야 할
너희들이 고작 한 반에서 한 팀끼리 싸움을 하고 있나!
우린 형제다. 우린 한 가족이다. 알겠나!

모두

하잇!

히데오

미야자키 켄이치 일어서.

켄이치

하잇, 미야자키 켄이치.

히데오

왜 싸웠나.

켄이치

조센징 새끼가 부정한 방법으로…

히데오, 정강이를 걷어찬다.

히데오

지금 때가 어느 때인데 조센징이라는 말을 쓰나.
무슨 부정한 방법을 썼어, 말해!

켄이치

탄약을 규정보다 적게 실었습니다!

히데오

저 말이 사실인가?

미우라

잘못했습니다. 다 사실입니다!

히데오

오카와 마사키, 일어나.

마사키

하잇. 오카와 마사키.

히데오

켄이치 말이 사실이야?

마사키

죄송합니다!

히데오, 마사키의 뺨을 때린다.

히데오

넌 아직 멀었다. 그런 식으로 일본인을 이기고
싶었나? 넌 아직도 마늘 냄새가 진동을 한다.
실망이다, 마사키.
    (모두에게)
    너희들 자유시간은 없다. 모두, 연병장으로 집합!

모두

하잇!

모두 나간다.

미우라 신지는 여전히 엎드려 자세다. 마사키는 그를

물끄러미 바라보다가 돌아선다.

몇 걸음 걸었을까. 힐끗 뒤돌아보는 마사키. 이내 그에게 다가간다.

마사키

일어서, 미우라 신지.

미우라

너도 내가 부끄럽지?

마사키

아니. 부끄러운 건 나야. 너와 함께 같은 내무반에

있다는 내가 부끄러워.

미우라

조센징이 일등 하면 진정한 일본인이 될 줄 알았어.

난 단지 일본 사람이 되고 싶었어, 마사키. 미안하다.

마사키

일등을 한다는 건, 일등으로 죽어야 된다는 이야기야.

마사키, 나간다.

미우라 신지, 엎드려 자세를 풀고, 자리에서 일어난다.

미우라

그래… 일등으로 죽는 거야!

호루라기 소리.

E – 헬기 소리.

한 무리의 중무장 미군 병사들 군가를 부르며 구보한다.

미군들

Up in the morning, outta the rack

Greeted at dawn with an early attack

First Sergeant rushes me off to chow

But I don't need it anyhow.

장면 7
이라크
― 잡혀 온 한국 사람

등장인물

서동철
자밀
핫산
아스나
바그나
아자르
알리
바그나 어머니
바그나 아버지
미군들

이슬람 예배 음악.

¶ 2004년 6월 이라크 팔루자,
무장단체 '알 타우히드 알 지하드' 은신처

예배를 마친 이라크 전사들.
핫산이 앞으로 걸어오면,
의식을 끝낸 사람들이 자연스럽게 돌무더기 어딘가에 앉는다.

　　　핫산
때가 됐어. 시간이 왔다고. 이제 싸울 때가 됐어.

　　　아스나
핫산, 그들의 화력을 몰라서 하는 소리야?

　　　핫산
화력이 아니라 정신력이 중요한 거야.

　　　아스나
정신력? 싸움을 정신력으로 한다고?

　　　자밀
정신력만으론 저들에게 빌붙어 있는 우리의 동족까지
변화시킬 수 없어.

알리

자밀, 저들의 정책에 동조하는 자들에게 신의 벌을
내려야만 돼. 저들은 비열한 술책으로 우리 동포까지
갈라놓고 있다고!

아스나

투쟁이 능사가 아니야, 알리. 이럴 때일수록 더더욱
알라에게 기도하고 우리의 성스러움을 보여주어야 해.

핫산

아버지 말씀이 생각 나! 나라를 잃어버린 민족은
온 천하에 제 무덤 하나도 가지지 못한다고! 언제까지,
언제까지 기도만 하냐고. 그들에겐 피를 보여줘야 해.

알리

그래. 피를 보여줘야 돼.

아스나

저들이 야만스럽다고 우리 역시 그럴 수는 없어.

바그나

애초부터 비열한 건 그들이었어요. 아스나.

알리

비열한 놈들에게는 본때를 보여주어야 돼.

자밀

그렇다고 우리까지 비열한 방법을 쓰면 결국
그들과 똑같이 되는 거야.

핫산

뭐가 비열한 거야? 뭐가? 그놈들은 우리 아이들
머리 위로 폭탄을 쏟아붓고 여자들을 강간하고
창녀로 만들고 있는데…

아스나

그렇게 해서 저들이 물러가면 남는 게 뭐지? 우린
뿔뿔이 찢기고 있고 우리에겐 남는 건 아무것도 없어.

핫산

아스나. 우리 동족은 벌써부터 저들의 노예가 됐어.
저들이 주는 술에 취해서 저들의 프락치가 됐다고.

알리

배신자들은 다 죽여버려야 돼.

아스나

그럼 우리 동족까지 버리자고?

핫산

저놈들에게 동조하는 놈들을 다 죽여야 돼. 저놈들도
쫓아내고. 우리 아이들에게 부끄럽지 않은 일이야.

자밀

그건 올바른 정의가 아니야.

핫산

정의? 정의란 무슨 수를 써서든 저놈들을 그 자들을
이 땅에서 쫓아내는 거야.

아스나

정의? 이게 네가 말하는 정의야? 목적을 위해서
여자와 어린아이까지 무자비하게 죽여버리는 게
알라의 정의냐고?

핫산

그래. 정의는 우리가 죽더라도 더 많은 적들을 죽여
없애는 거야! 이겨서 끝까지 살아남는 거야.

아스나

핫산!

사이.

바그나

다들 그만해요!
　(사이)
　나는 지금도 잊을 수 없어요. 모두가
　잠든 그날 밤을… 갑자기 미군들이 집으로
　들어왔어요.

어딘가에서 미군과 바그나의 부모가 나온다.

미군들

움직이지 마! 움직이면 쏜다!

바그나

그들이 우리 아버지랑 엄마를 쏘려고 했어요.
아저씨 그러지 마세요. 우리는 군인이 아니에요,
그냥 사람이에요. 아저씨 쏘지 마세요,
쏘지 마세요, 쏘지 마세요.

미군들

가까이 오지 마! 엎드려! 손들어! 움직이면 쏜다!
명령이다!

E - 총소리.

미군들 총에 아빠가 쓰러진다. 엄마와 바그나는 슬퍼한다.

바그나

그러고 나서 까맣고 큰 군화로 우리 아버지를
짓밟기 시작했어요.

　　(미군 무전 연락한다)

　　아저씨, 그러지 마세요. 제발 그러지 마세요.

　　하지만 그 사람들은 축 늘어진 아버지를

　　마구 짓밟고 엄마 아버지를 데리고 갔어요.

　　　　(미군들 엄마를 끌고 간다)

　　　　아스나도 나랑 같잖아요. 아스나도

　　　　남편을 잃었잖아요.

　　　　　　(아버지를 일으킨다, 손을 잡고 있다)

　　　　　　난 아버지를 잊을 수 없어요. 그들은

　　　　　　우리가 민간인이란 걸 알고 있었어요.

아스나

바그나…

아자르

(들어오며)

핫산, 알리!

핫산

아자르!

그때, 아자르가 동철을 끌고 들어온다.

자밀

(아랍어로 말하며 들어온다)

아스나

뭐야, 아자르.

아자르

미군 부대에서 나오는 걸 봤습니다.

핫산

확실해?

알리

예. 미군의 프락치인 것 같습니다.

핫산, 동철에게 폭력을 가한다.

아스나

그만해!

아스나, 동철의 눈가리개를 풀어준다.

아스나

난 아스나 마르이다. 겁먹지 마. 우린 널 해치지 않는다.
(동료들과 눈을 맞추고 아랍 말로)
넌 누구지? 우리 말을 모르나?

동철

압니다!

아자르

(출입증을 건네주며)
이자의 몸에서 나왔습니다.

아스나

(출입증을 읽으며)
서동철. 1971년생. 캠프 워커 출입을 허가합니다.
넌 누구지? 어디서 왔어?

동철

한국에서 왔습니다.

모두

한국? 어디지?

자밀

아… 거기. 일본 식민지.

동철

아니, 코리아. 사우스 코리아.

자밀

알아. 지금은 미국 식민지가 됐지.

아스나

왜 여길 왔어?

동철

일을 하러 왔습니다.

아스나

무슨 일?

동철

일종의 서비스 대행입니다. 식품을 납품하고
있습니다. 지프차를 타고 이동하고 있었는데, 갑자기
저 사람들이 차를 세우고 날 여기로 끌고 왔습니다.
사실입니다. 살려주세요.

아스나

살려주지, 누굴 위해서 일하지?

동철

누굴 위해서라뇨.

아스나

미군을 위해서?

알리

누구에게 음식을 대주는 거지?
  (동철을 때리면서)
  미군이야?

아자르

미군이야?

동철

예.

사람들, 동철에게 총을 들이댄다.

동철

하지만 그건 단지 생활비를 벌기 위한 수단입니다.

알리

사실대로 말해. 우릴 정탐한 게 분명해.

사람들, 동철에게 총을 들이댄다.

동철

아닙니다.

아스나, 사람들을 진정시킨다.

아스나

물러서. 알라를 믿어?

동철

전 잘 모릅니다.

아스나

신을 믿나?

사이.

아스나

그럼 뭘 믿어?

동철

전 크리스천입니다.

핫산

크리스천은 악마다. 성스러운 이 땅을 짓밟았어.

아스나

미군을 믿나? 다시 묻겠다. 미군을 위해 일하나?

동철

아닙니다. 전 그냥 그들의 부식을 운반하기만 합니다.

아스나

아이가 있나?

동철

아뇨. 없습니다.

아스나

사람을 죽여본 적 있나?

동철

없습니다.

아스나

그럼 죽은 사람을 본 적은 있나?

동철

있습니다.

아스나

어땠어?

동철

무서웠습니다. 슬펐습니다.

아스나

그래서?

동철

그들을 위해 기도했습니다. 더 이상 피를 흘리지
말아 달라고…

아스나

이 땅은 너희들 때문에 피로 물들었다. 죽은 사람을
보고도 왜 여길 떠날 생각을 안 했지?

동철

계약 때문입니다. 하지만 더 있고 싶어졌습니다.

아스나

왜?
(사이)

핫산

더 이상 들을 필요 없다. 이자를 참수해.

아스나

잠깐 아직 시간이 있다. 미국 대사관에 연락해.
이자를 인질로 잡고 협상을 시작하자.

(
장면 8
탈영병
)

등장인물

탈영병
목사
아나운서

뉴스음악.

아나운서

긴급속보입니다. 걷잡을 수 없이 탈영병의 숫자가
증가하는 가운데 군 당국이 발표한 예상과는 다르게
현재까지 집계된 탈영병의 숫자는 이백칠십여 명이
넘는 것으로 저희 취재진이 단독 입수했습니다.
현재 국방부는 진돗개 하나 발령 초 비상상태인 것으로
추정됩니다. 시민들은 외출하지 마시고, 두발 복장
언발라스한 낯선 사람을 발견 시 즉시 신고 바랍니다.

¶ 2015년 10월 대한한국 서울, 어느 교회

십자가에 불이 들어온다.
탈영병 라면을 먹는다.
안경 낀 목사, 나와서 탈영병 근처에 서서

목사

저… 여기서 음식 드시면 안 됩니다…

탈영병

아, 그런가요?

목사

새벽 기도 드리는 신도들이 많아요.

탈영병

아, 네. 목사님 저 몰라보시겠어요?

목사

누구시죠? 아, 죄송합니다. 워낙 신도 분이 많아서.
우리 교회 신도신가요?

탈영병

아뇨, 지금은 안 다녀요. 어릴 때 다녔었죠. 중학교
때까지. 저 기억 안 나세요? 목사님 전도사 시절에
저랑 탁구도 치고 그랬는데. 저 김수아 권사님 아들.

목사

김수아 권사님이요? 아, 기억이……
죄송합니다. 몰라봐서.

탈영병

당연하죠. 십 년도 더 지났으니까.
지금은 탁구 안 치시죠?

목사

탁구 칠 시간이 어딨나요. 심방 갈 시간도 부족한데……

탈영병

요즘도 심방 다니세요?

목사

그럼요. 아무리 바빠도 일일이 신도들 대면해야
은혜가 오고 가죠.

탈영병

예전에 저희 집에도 오셨었는데.

목사

아, 그래요? 댁이 어디?

탈영병

쌍다리 쪽에 살았어요. 지금은 거기 안 살고요.

목사

아, 쌍다리, 오랜만에 들어보네요. 그 이름.

탈영병

오시면 예배 드리고 찬송 부르고. 그때 이 노래 많이

불러주셨는데. "빈 들에 마른 풀 같이 시들은 나의 영혼"

목사

(같이 부르며)

찬송은 마법이에요. 한 곡만 불러도 마음이 쫘악
보링이 되죠.

탈영병

이 노래도 기억나요. 어머니가 좋아하셨는데…
"부름 받아 나선 이 몸 어디든지 가오리다"

목사

저 이제 라면은 그만 드셔야…

탈영병

아, 네. 목사님은 여전하시네요.

목사

네?

탈영병

건강하시다구요.

목사

아, 네 그런가요? 그럼 전 예배 준비 때문에.

탈영병

저, 잠깐만요. 실은 부탁이 있어서 찾아왔습니다.

목사

지금은 좀 힘들고 예배 끝나고 하면 안 될까요.
상담신청서 작성하시고. 오늘 예배 참석하시지요?

탈영병

아, 오늘은 좀 힘들고요…… 잠깐이면 되는데
부탁 좀 들어주세요?

탈영병, 다시 라면을 먹는다.

목사

저, 신도님. 음식 드시면 안 된다니까요! 냄새에
예민한 신도들이 많아서요…

탈영병

네, 죄송합니다. 다 먹었어요…

목사

그럼.

탈영병

목사님! 저, 천국이 정말 있는 거죠?

목사

네?

탈영병

목사님은 천국이 있다고 믿으시죠?

목사

무슨 의도로 말씀하시는지는 모르겠지만
성경에 보면 하나님께서 분명히 말씀하셨습니다.
"네가 네 다리가 붓는다 하여 걷지 못하고
운신할 수 없다 하여 나를 믿지 못하느냐? 그리하면
천국이 너를 외면하리라. 너는 어둠 속에 영원하리라.
걸어라 걸어라 잠잘 때도 걸어서 날 찾아오거라."

탈영병

네, 기억납니다. 그 말씀. 우리 어머니도 새벽부터
걸었죠. 목사님을 만나러… 그런데 어떻게 해야
거기 갈 수 있죠?

목사

허허허, 우선은 주님을 영접해야겠죠.

탈영병

죄를 많이 져도요?

목사

그럼요, 그분은 우리가 지은 죄를 다 사하셨습니다.
저 그럼 지금 제가 예배 시간이 다가와서…

탈영병

죄송합니다. 하나만 더요. 아무리 많은 죄를 져도요?
다 용서됩니까?

목사

예수님이 십자가에서 흘리신 보혈로 우리 모두는
다 죄 사함 받았습니다.

탈영병

어리석은 질문인데 그럼 목사님께서도 죄 사함
받으셨겠지요?

목사

허허허, 제가 그래도 명색이 이십 년차 목산데

아마 그렇겠지요…

탈영병

그곳엔 정말 절망과 고통이 없고 낙원인가요?

목사

그럼요. 제 설교 말씀 들어보시면 다 답이 나오는데.

탈영병

목사님은 죽으면 당연히 천국으로 가시겠네요?

목사

허허허. 그거야 모르죠. 하나님께서 안목이 있으시면
배려해 주시겠죠, 허허허.

탈영병, 갑자기 총을 꺼낸다.

탈영병

죄송합니다. 신성한 예배당에서 이런 거 꺼내서…

목사

지금 뭐 하시는 겁니까?

탈영병

제가 지금 탈영 중인데 여기 총알이 있거든요.

탈영병, 허공에 총을 쏜다.

목사

신도님 갑자기 왜 이러세요?

탈영병

목사님은 어차피 죽어도 천국 들어가실 분이니까
너무 두려워 마세요.

목사

제발 그거 치우고 말씀하시죠.

탈영병

무서워요, 죽는 게?

목사

저한테 지금 왜 이러시는 거죠?

탈영병

오랫동안 주님 일 하시느라 고생 많으셨는데 그만
좋은 데로 가시라고요.

목사에게 총을 겨눈다.

목사

뭘 원하세요? 다 들어드릴 테니까, 제발.

탈영병

천국 가시기 싫으세요?

목사

제발 장난하지 말고, 무서워요!

목사에게 총을 가까이 들이댄다.

탈영병

장난한다고? 내가 지금 장난하는 거 같아?
장난은 당신이 했지!

목사

네? 제가 무슨……

탈영병

내가 삶에 미련 없어서 대충 인생 접고 싶은데
가기 전에 나 낳아준 김수아 권사 스토리 궁금해서.

목사

김수아 권사라뇨? 저 정말 그분 모릅니다!

탈영병

모르겠지, 그런 사람이 워낙 많았으니까.

목사

………

탈영병

당신이 종말이니 천국이니, 바람 잔뜩 넣어서 집
나가서 천국으로 가신 분! 이제 목사님도 함께
그곳으로 가시죠! 자, 마지막 기도하세요!

목사

기도도 좋지만… 제 말 좀 들어보세요. 무슨 오해가
있나 본데 종말 옵니다. 단지 내가 그 종말의 때를,
제대로 체크하지 못했을 뿐이지. 목사도 시행착오라는
게 있잖아. 내가 신이 아니잖아, 왜 그래. 그리고
인마 너 몇 살인데 인마, 건방지게, 나 주임 목사야,
버르장머리 없이, 인마. 살려 줘!

탈영병

사라져! 예수님이 불쌍하다!

탈영병, 나간다.

M - 찬송가 "빈 들에 마른 풀 같이".

목사, 무릎 꿇고 기도한다.

암전.

(장면 9
카미카제)

등장인물

오카와 마사키
오카와 마사키 모(엄마)
오카와 아카네
다카키 히데오

¶ 1944년 9월 일본 도쿄, 마사키의 집

마사키는 훈련복을 입고 있고 히데오는 정복을 입은 채
어머니와 함께 있다.

히데오
결국 이번 싸움도 결판이 나지 않았죠. 방금 말했듯이
팔이 잘려나간 닥터 '이러지도'의 팔이 감쪽같이
붙어 있고, 다리가 잘려나간 닥터 '저러지도'의 다리도
언제 잘려나갔냐는 듯이 다시 붙어 있었던 거예요.
두 의사는 자존심이 상할 대로 상했어요. 마을 사람들은
얘기했죠. 이제는 둘의 마지막 싸움이 되겠구나.
그러던 어느 날, 마을 한복판에서 두 의사가 마주칩니다.
긴장감이 돌고, 순식간에 마을 사람들이 몰려들어
두 의사를 둘러쌌죠. 그때, 닥터 '이러지도'가 입을
열었어요. "저러지도, 넌 오늘로 끝이다." '저러지도'가
답했죠. "이러지도, 넌 '저러지도' 못할 것이다." 마을
사람들이 다 지켜보는 가운데, 두 의사는 일합에 서로의
목을 쳤고, 마을 한복판에 '이러지도'와 '저러지도'의
머리가 데굴데굴 굴러다녔어요. 마을 사람들은
누가 먼저 자신의 머리를 붙일까 숨죽여 지켜보는데,
머리를 붙일 수가 있나. 두 의사는 이러지도 못하고,
저러지도 못하고.

엄마

히데오는 어쩜 이렇게 말을 재밌게 하니?

히데오

(한 젓가락 하고)
어머니, 정말 맛있네요.

엄마

어, 입맛에 맞는다고 하니까 다행이구나. 불고기야.
소고기를 양념에 절여서 익혀서 먹는 음식이야.

히데오

예에, 좋은데요.

엄마

옛날에 이맘때는 송이가 참 많이 났거든. 버섯 하나
건져서 여기에 섞어 먹으면 그렇게 맛이 좋았어.

히데오

이야. 일본 음식은 밍밍한 편인데, 조선 음식은 양념이
기가 막힌 거 같아요.

엄마

간이 세진 않니?

히데오

아뇨, 괜찮아요.

엄마

(기분이 좋아서)

이것도 먹어 봐. 느끼하면 개운하게 김치도 먹어.

마사키

어머니, 히데오 김치 못 먹어요.

엄마

아, 그래?

히데오

아니오. 먹을 수 있어요.

먹는다. 히데오, 쿨럭댄다.

엄마

조금 맵구나?

히데오

아니에요. 괜찮아요.

(히데오, 물을 벌컥 먹는다)

엄마

미안하다. 내가 괜히…

히데오

아니에요. 어머니. 정말 맛있네요.

마사키

(일어나며)

그만 가자.

엄마

잠시만 기다려.

엄마, 절뚝거리며 김치를 들고 온다.

엄마

불고기. 이거 유미에 집에 가져가서 토메 아줌마랑
같이 먹어.

히데오

고맙습니다. 어머니.

엄마

고마워. 히데오. 마사키 입대시켜 줘서 고마워.

히데오

어머니. 다리는 좀 어떠세요? 이거 보상은
받으신 거예요?

엄마

보상은 무슨…

히데오

이거 좀 알아보고 신청서 내면 받을 수 있는데…

엄마

고맙다, 히데오 항상 신경 써줘서.

히데오

아니에요. 어머니 이제 좀 가볼게요.

엄마

그래.

히데오, 경례한다.

히데오

가볼게요.

히데오는 문을 나가고, 엄마는 그 뒤로 반절을 한다.

사이.

마사키, 숟가락을 내려놓는다.

엄마

왜 그래, 마사키. 더 먹지 않고.

마사키

이거 다 어디서 난 거예요.

엄마

엄마가 이 정도도 못 할 줄 아니. 이 정도는 돼.

마사키

왜 시키지도 않은 짓을 하고 그러세요. 제가
죽으러 가요? 뭐 잘못되기라도 해요?

엄마

너 입대한다는데 엄마가 이 정도도 못 해줄 것 같아?

마사키

나 다 알아요. 한 달째 병원 안 가신 거. 파상풍 그거
잘못하면 다리 썩어요. 잘라야 한대요. 왜 병원을
안 간 거예요. 왜 병원 갈 돈으로 이깟 음식 준비해서

뭐 해요. 돈 있으면 병원부터 가야지.

엄마

너 정말 매정하다. 그럼 내가 내 다리 낫느라고 약
사먹으면 너 보내고 내 가슴은, 내 가슴에 응어리는
어떻게 하라고. 너 그것도 몰라? 제발 좀 먹어라
이놈아. 이 매정한 놈아.

얼굴이 상처투성이인 아카네, 얼굴을 가리며 들어온다.

아카네

어, 엄마도 있네. 오늘 일 안 갔어?

엄마

어, 조퇴했어. 너 얼굴이 왜 그래. 또 싸웠어?

아카네

싸우긴 누가 싸워. 내가 때려줬지.

마사키

아카네! 너 왜 자꾸 사고치고 다녀.

아카네

싸운 거 아니라니까!

마사키

그럼 뭐야!

아카네

왜 화를 내고 그래?

엄마

너 오빠한테 말버릇이 그게 뭐야.

아카네

엄만 왜 항상 오빠 편만 들어.

엄마

말만 한 기지배가 맨날 싸우고 들어오니까
엄마가 속상해서 그렇지.

아카네

나도 참으려고 했어. 조센징이라 놀려도 참을 수 있었고,
다 참을 수 있었어. 그런데 그년들이 자꾸 엄마 가지고
놀리잖아. 냄새나는 다리병신이라고. 하지만 나는…

마사키

아카네! 그럴수록 더 참아야지.

아카네

왜 항상 나만 참아! 그리고 왜 자꾸 아카네라고 불러.
나 아카네 아니야. 나 박동희야. 아버지가 나
박동희라고 말하라고 했어.

마사키

그땐 그때고 지금은 지금이야. 여기는 일본이야.

아카네

땅이 변하면 사람이 변해? 그럼 아빠가 사할린으로
끌려갔으니까 아버지도 러시아 사람이 되는 거야?

마사키, 뺨을 때린다.

마사키

내가 아버지 얘기하지 말랬지?

아카네

왜? 우리가 아버지 얘기 안 하면 누가 해?
왜 우리 집에서 그것도 못 해.

아카네, 운다.

엄마

그만해. 오늘 오빠 입대하는 날이야.
오빠 속상하게 하지 말자.

아카네

그게 무슨 소리야? 군대 그렇게 무서워했는데
왜 갑자기 거기 들어가겠다는 거야?

마사키

다른 방법이 없어. 질질 끌려가느니 내 발로
내가 가는 게 나아.

사이.

아카네

아, 그래서 엄마가 공장도 안 가고 음식 차린 거구나.

아카네, 눈물을 훔치며 음식을 먹는다.
마사키, 쪽지를 꺼내 아카네에게 전해준다.

마사키

이거 봐. 오빠 없으면 엄마 말씀 잘 듣고.
잔소리라 생각하지 말고.

아카네

이게 뭐야.

마사키

읽어봐.

아카네

다른 사람들에게 손가락질 받지 않기, 특히
일본인한테. 공습 있으니까 밤 여덟시 전에는 집에
돌아오기. 엄마 발 다 나을 때까지 거르지 않고
연고 바르기. 매일 영어 단어 열 개씩 외우기. 걱정 마.
내가 알아서 잘할게.

마사키

끝까지 마저 읽어, 나머지도.

아카네

일본인이 조선인이라고 욕하고 멸시해도 참고 버티기.
공습 경보 울리면 불부터 끄기. 새로 옷 사면 속옷이랑
옷에 꼭 이름 써놓기. 쌀 배급할 때 가장 먼저 받아서
시장에 되팔아 잡곡 많이 사오기. 그리고 우리 세 식구,
다시 만나는 날까지, 어머니 손 잡고 꼭 살아 있기.

마사키

아카네. 믿을게. 오빠, 이제 가볼게. 어머니,
저 이제 가볼게요.

엄마

왜 벌써 가. 더 있다가.

마사키

아니에요. 다들 기다려요.

엄마

그래도 더 먹고 가.

마사키

이제 매달 송금될 거예요. 많지는 않지만
생활하기에는 괜찮을 거예요.

엄마

정말 우리 식구가 "이러지도" 못하고, "저러지도"
못하는 팔자구나!

마사키

갈게요.

마사키, 문 앞으로 가다가 잠시 서서 뒤돌아보며

마사키
다음 주가 아버지 제사인 거 아시죠?

암전.
한국 군가 해군가.

장면 10
초계함

등장인물

안이병
나일병
박상병
임하사
오대위
김소령
의사
간호사

¶ 2010년 4월 대한민국 서해, 백령도 부근

심문관 경찰은 책상에 앉아 있다.

의사와 간호사들이 서 있다.

의사는 군인들의 이야기를 들으며 계속해서 메모를 한다.

군인들은 자신의 순서가 오면 '장면 5 초계함'과 동일한 대사를

사고 당시의 감정으로 이야기한다.

김소령

다음!

간호사, 천 한 장 들고 일병 뒤로 가 선다.

나일병

일병 나일병!… 어… 그러니까 그날, 그러니까

순검 전까지 저한테 미션이 하나 주어졌습니다.

초코파이를 모아 오래요. 분대장 생일이라고. 한

내무반당 하나씩 안 모아오면 죽는다고… 케이크를

만들어 오라고 명령을 받았습니다. 아, 그런데 아무리

사정을 해도 안 줘요. 진짜… 나는 그 초코파이를

진짜… 그런데 나중에 안 건데 승선해서는 과자 같은 걸

절대 남한테 주지를 않는대요. 배 안에는 개수가

한정되어 있어서요. 내가 그걸 몰라서… 그래도 욕먹고

얼차려를 받다가 두 갠가 모아서 내무반에 돌아왔더니

131

선임들이 이 새끼 까야 한다고 갑자기 불을 끄라고
하는 거예요. 몰랐어요. 진짜. 몰카였죠. 갑자기 선임들이
초코파이를 모아서 생일 축하 노래를 불러 주더라고요.
나는 황당해서 어떻게 해야 할지 몰랐는데 촛불 다
끄고 불을 켜야 하는데.
갑자기 쿵 소리가 나더니…
갑자기 쿵 소리가 나더니…
갑자기 쿵 소리가 나더니…

김소령

다음!

간호사, 검은 천을 일병 머리 위에 덮는다.

임하사

하사 임하사! 입니다. 실은 저는 이번 훈련을 끝으로
전역을 하고 같은 군함에 있는 서수현 하사와 결혼하기로
했었습니다. 그래서 깜짝, 그런 파티… 프로포즈를 훈련
마지막 날에 하려고 준비하고 있었고 특별한 편지를
쓰려 했었습니다. 그래서 인터넷으로 좋은 사랑 글귀가
없나 찾아봤는데 마음에 드는 게 두 가지였어요.
위에 것이 좋을까 뒤에 것이 좋을까 고민하고 있었는데
갑자기 뒤에서 누가 위에 것이 좋다고 하는 거예요.
정말 깜짝 놀라서 보니까 수현이가 뒤에서 다 보고 있는

거예요. 뭐하는 거냐고. 그러고는 갑자기 반지를
꺼내면서 이게 뭐냐고 하는데 나는 화가 나서 이거
어디서 났냐고… 이런 걸 베개 밑에 숨기면 어쩌냐고…
알고 보니 그 친구가 다 눈치채고 있었더라구요.
제가 샴페인 다 사놓고 반지 이런 거 다 사놨는데,
분위기 깨고, 눈치가 너무 빨라요. 화가 나가지고 빨리
반지 달라고 그랬는데 안 주는 거예요. 계속 장난치고…

김소령

다음!

간호사, 검은 천 한 장을 하사 머리 위에 덮는다.

오대위

대위 오대위입니다… 저는 생활실에서 아들이랑
전화통화로, 그러니까 제가 결혼을 늦게 해서 최근에,
아들이 하나 생겼는데요. 와이프랑 전화할 때마다…
근데 이런 얘기해도 되나요?

김소령

해보세요.

오대위

네. 그 제 아들이 조금 있으면 세 살입니다.

이름은 두원인데요. 이 녀석이 말을 하기 시작하는데요.
얼마 전까지만 해도 엄마, 엄마만 불렀는데 최근에
있어서 아빠를 알아보고 아빠를 부르더라구요.
그러니까 사실 아빠는 아니고 두원이가 빠, 빠, 빠
그러더라구요. 들으니까 기분이 너무 좋더라구요.
그래. 아빠야. 아빠다. 저… 근데 빠, 빠, 이러는 게
아빠 그러는 거 맞습니까.

김소령

예, 맞습니다.

오대위

제가 아들 사진 놓고… 막 보는데… 제가 위에서
스트레스를 많이 받고 오는데, 아들이 너무 보고 싶은데
보지도 못하고 나가지도 못하고… 그저 아들 사진만
딱 보는데, 보면 너무 행복한데, 또 목소리가 듣고 싶고.
그래서 집에 전화를 하면 아들을 바꿔주니까. 두원이가,
우리 아들이 또 빠, 빠, 빠 그러면 제가 며칠 있으면
집에 갈 거야. 이제 아빠가… 그럼 또 빠. 빠. 빠. 저 이런
이야기 계속해도 되겠습니까?

김소령

다음!

간호사, 검은 천을 대위 머리 위에 덮는다.

박상병

상병 박상병입니다. 제가 야간 경계병 근무를
맡았는데, 군 생활 내내 제가 늘 지각을 해서 늘 오 분,
십 분 늦게 나갔거든요. 매일 늦게 나가서 병장님한테
매일 혼나고 꿀밤 맞고… 그날은 정말 일찍 일어나려고
앉아서 졸았는데 또 오 분이 늦은 거예요. 바로 일어나서
렌즈만 빨리 끼고 나가려고 했는데 렌즈가 잘
안 껴지는 거예요. 나 이제 죽었다. 그래서 결국 렌즈는
끼지 않고 그냥 나왔어요. 배고프니까 제 관물대에서
샌드위치 두 개를 들고 올라갔어요. 그렇게 가서 근무를
서면서 이제 샌드위치를 먹었어요. 근데 배가 아픈
거예요. 배가 슬슬 아파서 이상해서 샌드위치를 보니까
유통기한이 이틀이나 지난 거예요. 아 그래서 안 그래도
울렁울렁한데 배탈까지 나니까 갑판에서 토하고
방구 뀌고 그러면서 경계 근무를 서고 있었습니다.

간호사, 검은 천을 상병 머리 위에 덮는다.

안이병

이병 안이병입니다. 저는 어디 있었는지
기억나지 않습니다.

김소령

뭐라구요?

안이병

그날 뭘 했는지 기억이 나지 않습니다.

김소령

한 번 잘 생각해 보세요.

안이병

그날 아무것도 기억나지 않습니다. 아무것도,
기억나지 않습니다. 그냥 깜깜합니다.

김소령

다음!

안이병

갑자기 쿵 하는 소리가 나더니 비상벨 소리가 들렸고.
그런데 눈을 딱 떴는데 제 앞에 그, 보이더라구요.
물이. 보이는데… 너무 무서워서 구석에 쪼그려 앉아서
울고만 있었어요. 물이 다리부터 허리 어깨 목까지
차오르는데 저는 울고만 있었다구요! 기억이 안 납니다.
전혀 기억이 안 납니다.

김소령

그만! 그만해 이 자식아! 상관이 말하잖아!
이 배에서 내려!

안이병

(심문관에게 달려들어 목을 조이며)

나는 너무 무서워서 아무것도 할 수가 없었다구요.
아무런 기억이 안 난다구요. 몇 번을 말해야 알아듣겠어?
당신은 뭐 했는데? 그날 당신은 거기서 뭐 했는데?

의사

안이병! 진정하세요!

간호사, 안이병이 소령에게 달려가면 소령 뒤로 가 선다.
소령, 대사 시작하면 안이병 천천히 무릎 꿇어 주저앉는다.

김소령

소령 김소령입니다, 그때 저는 당직실에 있었습니다.
병사들에 관한 이야기를 듣고 그에 관한 조언을
해주는 것이었는데, 병사 중 한 명이 초코파이를 하나
달라고 했습니다. 초코파이를 달라구요? 지금
그게 중요합니까. 내가 식품 담당도 아니고 제가
그런 것까지 일일이 관여해야 합니까. 화가 치밀어
올랐는데 하사 한 명한테 자기 고민을 말하라고

했더니, 결혼한다고 했어요. 서수현인가 뭔가 나이
마흔인 나도 아직 결혼을 못 했습니다. 근데 그게
가당키나 한가요? 정말이지, 너무 화가 치밀어
올랐습니다. 왜, 너희만 결혼을 하냐고. 이 깜깜한
바다 속에서 결혼을 왜! 대체 초코파이가 왜 필요해?
뭐 빠빠빠? 딱 들어보면 아빠인 걸 알지 않나.

간호사, 소령 머리 위에 검은 천을 덮는다.

의사
군번, 계급, 성명, 다 확인하셨죠?

안이병
네.

의사
서명해 주십시오.

이병, 의사에게 다가온다.
서명한다.

의사
소각해.

한국 군가 해군가.

(장면 11
이라크)

등장인물

서동철

황난희

자밀

핫산

아스나

바그나

아자르

알리

¶ 2004년 6월 이라크 팔루자,
무장단체 '알 타우하드 알 지하드' 은신처

서동철이 무릎을 꿇고 포박되어 있다.
그 앞에는 종이 한 장이 놓여 있다.
그 주위로 이라크 테러집단의 병사들 총을 겨누고 있다.
그 앞에는 카메라 촬영을 하고 있는 또 다른 병사가 있다.
카메라, 동철을 비춘다.

동철

이라크 현지 식품회사 직원 서동철입니다.
6월 22일 이라크에 대한 한국군 2차 파병 철회를
하세요. 다시 말씀 드리겠습니다. 24일까지
협상 타결을 요구하는 바입니다. … 살려주세요.
저 좀 살려주세요. 요구를 들어주세요.
저 죽고 싶지 않아요. 제발 저 좀 살려주세요.

핫산

좋아! 잘했어!

알리와 사람들 들어오면,
테러리스트들, 서동철의 안대를 벗겨주고 담요를 덮어준다.
아스나 먹을 것을 가져다주고 또 다른 병사는
동철에게 담요를 가져다준다.

아스나, 동철 옆에 앉아 주머니에서 사진을 꺼낸다.

아스나
(사진을 건네주며)
네 거지?

동철
네.

아스나
누구야?

동철
한국에 있는 제 여자친구입니다.

아스나
여자친구?

동철
네.

아스나
직업이 뭔데?

동철

간호사입니다.

아스나

간호사? 너네 나라 간호사가 많아?

동철

네. 많아요. 간호사.

아스나

좋겠다. 우리나라는 의사도 없는데. 너는
여기 오기 전에 뭐했어?

동철

학교 졸업하고 딱히 일을 한 건 없고요.

아스나

대학교?

동철

네. 대학에서 아랍어 전공했습니다.

아스나

왜?

동철

제 꿈은 중동, 여러 나라 가보는 것이었습니다.
관심이 많아서.

아스나

왜 관심이 많은데?

동철

그냥… 저희랑은 환경이 아예 다르니까 궁금했습니다.
이 사람들은 어떻게 살고 어떤 문화 속에서 생활하는지
궁금했어요.

아스나

그래서 와서 보니 어때?

동철

짧은 기간이었지만 막상 와서 보니까 우리나라와
많이 다르지 않더라고요. 친절하고, 착하고…
우리, 옛날 육십 년대 같아요.

아스나

너네 육십 년대는 어땠는데?

동철

그때는… 지금 여기랑 비슷해요. 되게 어려웠어요.
그런데 사람들이 정이 있었어요.

아스나

정?

동철

네. 정. 사람이 사람을 봐도 사람 얼굴을 봤어요.
그 사람 마음을 느끼면서. 그런데 지금은 그런 거 다
없어졌어요. 한 건물에서도 옆에 누가 사는지도 모르고.
사람들이 모두 바쁘게 살아요. 이제 얼굴을 보지 않아요.

아스나

이 여자 많이 좋아해?

동철

네. 좋아요. 결혼할 거예요. 예쁜 아이도 낳을 거예요.

아스나

예쁜 아기? 너는 좋겠다.

동철

왜요?

아스나

내 가족은 얼마 전에 미군 폭격으로 죽었어. 여기선
사람들이 자다가 많이 죽어. 잘 때 폭격을 하거든,
새벽에. 빗발처럼 쏴대던 폭격으로 내 남편과 아이의
조각난 몸뚱아리가 여기저기 흩어져 있었어. 꼭
움켜진 아이의 손은 무너진 벽돌 틈에 끼여 있었구.
작은 몸통은 옆집 문 앞에 뒹굴고 있었어. 그리고
잘려나간 내 남편의 한쪽 다리 밑에 내 아기의 얼굴이
깔려 있었어… 눈알이 빠진 채… 빠진 눈알이…
난 작은 아기의 눈이 그렇게 큰 줄 몰랐어. 그 큰 눈이
날 뚫어져라 쳐다보는 거야… 여기선 사람들이
꿈을 못 꿔. 두려워서… 누워서도 계속 해가 뜰 때까지
기다리지 언제 아침이 오려나.

무전기 소리.

핫산

네. 네 알겠습니다. 즉시 시행하겠습니다.
아스나 미국 놈들이 팔루자 교외 지역에 미사일
공습을 단행했대. 파병 철회는 커녕 협상은 없대,
강경대응 하려나 봐. 아스나 진짜 때가 됐어.

핫산, 사람들을 모은다.
무언가를 숨기고 있는 듯 서로 작은 소리로 이야기를 나눈다.

잠시 후, 동철에게 다가오며

핫산

한 번 더 찍자.

카메라를 가져와 촬영 준비에 들어간다.
긴장한 테러리스트들, 동철은 눈치를 보며 점점 두려워한다.
테러리스트들이 주황색 안대로 눈을 가리고 다시 포박을 한다.
종이도 동철의 앞에 내려놓는다.

동철

왜, 왜! 왜 또 눈을 가려요.

핫산

시끄러! 지금은 그냥 생각나는 대로 얘기해!

자밀

죽기 싫으면 똑바로 해!

아스나

마지막 기회야. 니 심정을 솔직히 털어놔.
너희 나라 방송국으로 보낼 테니까. 시작해!

동철

(사이)

저는 서동철입니다. 저는 지금, 이라크에 무장단체에
잡혀 있어요. 이 사람들 요구를 들어주지 않으면
저를 죽일지도 몰라요. 저, 지금 제가, 지금 제 목숨이
위험합니다. 지금 이 사람들이 저를 지금 죽이려고
하는 거 같습니다. 지금 제 목숨이… 제 목숨이 지금
위험한 거 같습니다. 이 사람들이 요구하는 걸
들어주세요. 대한민국 대통령님! 여러 번 찍었는데…!
왜 아무런 반응이 없는 거야! 내가 몇 번을 말했는데…!
당신들 아들이 잡혔으면 이럴 거야? 나 지금 죽을 거
같단 말이야. 죄송합니다, 제가 지금 제정신이 아닌 거
같은데… 저 지금 제가 위험하거든요? 파병 보내지
마세요. 파병 보내면 저 죽어요, 죽고 싶지 않아요.
제발. 저 좀 살려 주세요.

(아스나에게)

안끼두-니! (살려주세요) 안끼두-니!

전 군인이 아닙니다!

아스나

우리도 원래부턴 군인은 아니었어. 전쟁이 우리를
군인으로 만든 거지.

150

동철

안끼두-니! 안끼두-니! 제발, 제발.

아스나

니가 불쌍한 건 알지만, 그래도, 우리보다
불쌍하지 않을 거다.

동철

살려주세요! 안끼두-니! 안끼두-니! 난희야!

이슬람 예배 음악.

난희

(무대 밖에서)

오빠!

사람들 모두 정지.
동철의 약혼녀, 들어온다.

난희

동철 오빠 자?

약혼녀, 천천히 동철에게 다가온다.

난희

오빠! 뭐 하고 있었어?

(동철 앞에 종이를 보고)

뭐야 이거? 나의 프로필?

(읽는다)

사는 곳! 지하철 5호선 광나루 역에서
도보로 오 분 정도 거리에 있는 장로교
신학대학 후문근처에 자취 중이랍니다.
성격! 머스마 치고는 약간 말이 없는 편이고요,
조용한 편이구요. 부끄러움을 다른 사람보다
조금 많이, 물론 대부분이 그렇겠지만 친한
사람과는 수다와 가까운… 제일 행복한 시간.
친구들과 함께 토론할 때, 그리고 여자
이야기할 때. 여자 이야기할 때? 다시 써봐.

동철이 일어나서 난희의 뒤를 보고 소리친다.

동철

야! 난희야! 그 얘기 아니라고… 난희야! 니 얘긴데…
여자 얘기할 때… 와! 무지 쑥스럽네요. 내년 초쯤에
제 여자친구랑 결혼할 듯싶어요.

결혼식 행진곡.

동철

신랑 서동철, 네. 신부 황난희, 네. 지금 모은 돈이
이천오백만 원 있어요. 서울에서 살 거예요. 전세 값
아무리 비싸다 하더라도 어디 우리 살 집 없겠어요?
결혼하고 서울서 살 거예요.

남자 두 명은 총을 잡고 서고 알리는 카메라를 든다.
두 사람은 동철에게 눈가리개를 씌우고 양 옆에서 붙잡고 선다.
아스나, 앞으로 나와 선다.

아스나

알라 아르죽 사아 에드니. 이마니 아스바하 다 이판
(알라 저를 도우소서, 제 신념이 약해지고 있습니다.)
하사 알 라쫄 바리 이. 로호호 타히라
(이 사람은 잘못이 없습니다. 이는 순수한 영혼입니다.)
왈라켄 야쩹 안 악톨라호 알안
(하지만 난 이를 지금 죽여야만 합니다.)
엘함 알라 아르죽 아아티니알 코우와 리 잇마미 이라다틱
(위대한 알라여 제게 힘을 주시옵소서.)
America! Look what you have done to Korea.
(미국이여! 네가 한국한테 한 짓을 보아라.)
Korea, this is your punishment for taking sides
with America.
(한국, 미국과 같은 편을 서게 된 너희 벌이다.)

This is your choice, not ours.

(이것은 우리가 아닌 너희의 선택이다.)

You did not come here for us Iraqis.

(너희는 우리 이라크 사람들을 위해 온 것이 아니다.)

You are here for America!

(너희는 미국을 위해 온 것이다!)

동철의 목에 칼을 들이댄다.

아스나

Korea, you have killed this man with
your own hands.

(한국, 이 남자의 목숨은 너희 손으로 직접 빼앗은 것이다.)

아스나, 칼을 높이 치켜들면,

암전.

결혼 행진곡 점점 커진다.

장면 12
카미카제

등장인물

오카와 마사키
다카키 히데오
미야자키 켄이치
미우라 신지
나카무라 준스케

비행기 프로펠러 돌아가는 소리.

¶ 1945년 5월 일본, 가고시마 기지

히데오

모든 준비가 끝났다. 귀관들은 이제 영웅의 길을
나서게 된다. 귀관들은 영원히 죽지 않는
불멸의 신화로 남을 것이다. 우리들도 곧 여러분을
따라가겠다. 마지막으로 할 말은?

켄이치

미야자키 켄이치. 감사합니다. 사랑하는 나의 조국!
은혜로운 이 길, 야스쿠니 신사에 묻어 주십시오!

히데오

(마사키에게 가서)

마지막으로 할 말은?

마사키

1925년생 오카와 마사키 십구 년의 뜨거운 인생.
이제 조국을 위해 바칩니다. 야스쿠니 신사에
묻어 주십시오!

히데오

(미우라에게 가서)

마지막으로 할 말은?

미우라

미우라 신지. 일본인으로 죽게 되어 영광입니다!

야스쿠니 신사에 묻어 주십시오!

히데오

마지막으로 할 말은?

나카무라

나카무라 준스케. 카미카제는 죽지 않는다!

텐노헤이카 반자이!

비행기 프로펠러 돌아가는 소리.

부대원들, 4명의 전사들과 차례로 악수.

마사키, 켄이치, 미우라, 계단으로 올라간다.

(일본 여자들 나와서 도키노 사쿠라 노래 부른다)

M - 도키노 사쿠라.

마사키

어머니.

언젠가 우리 다시 만날 거라고 합니다. 그 말을

믿어도 될까요? 정말 그럴 수 있을까요? 저는 이제
이백오십 킬로그램의 폭탄을 싣고 온몸이 공중분해될
것 같은 프로펠러 비행기를 타고 미군의 항공모함으로
수직강하 해야 합니다. 하지만 저들의 배에 닿기도
전에 벌집이 되어 바다에 곤두박질하겠지요. 이미
수많은 전우들이 폭탄이 되어 떠나 돌아오지 못했습니다.
저 역시 그 길을 뒤따르겠죠.

하지만 제가 죽으면 저와 우리 가족은 영원히
일본인이 되고 아무도 우리 가족을 손가락질 하지
못할 겁니다. 그래서 저는 지금 무섭지만
두렵지 않습니다.
어머니.
저는 내일 아침 출격합니다. 사람들은 저를 멋진
사나이라 부르며 손을 흔들겠죠. 대일본 제국을 위한
천황을 위한 위대한 희생이라며 치켜세우겠죠.
그리고 아마 그들은 제가 죽음 앞에서 "어머니 야스쿠니
신사 앞에서 다시 만나요"라고 망설임 없이 말할
것이라 믿을 겁니다.

하지만 저는 그냥 어린애처럼 크게 어머니를 부르고
싶습니다. 어머니. 지금 이 순간 어머니가 너무나
보고 싶습니다.
어머니.

어머니.

보고 싶습니다.

장면 13
초계함
— 장병들 훈장을 받다

등장인물

안이병

나일병

임하사

박상병

김소령

성대위(사회)

잠수부

¶ 2010년 4월 대한민국 대전, 국립 현충원

모든 사람, 서 있다.

사회

다음은 생존자 대표의 추도사가 있겠습니다.
생존자 대표 이병 안지환!

이병

필승! 어느 날 우리는 산산히 부서져버렸습니다.
충격과 혼란으로 우리는 저 암흑 속으로 영원히
침몰해 버렸습니다. 까마득한 어둠 속에서 저
검은 바다 속으로 우리는 침몰했습니다. 죄송합니다.
전우여. 그대들은 없고 우리는 부끄러운 이름으로
여기 남아 있습니다. 우리들만 살아남아 죄송합니다.
그날 밤, 그날 밤의 그 끔찍한 사건을 마음속에
기록하겠습니다. 그러니 안녕히… 못난 우리들을
불쌍히 여기고 안녕히… 필승!

사회

다음은 화랑 무공훈장 수여식이 있겠습니다. 소령,
김국진. 위 사람은 대한민국 자주국방에 혁혁한
공을 세웠으며, 나라와 민족을 위하여 큰 업적을
남겼으므로, 이에 훈장을 수여합니다. 국방부장관 대독.

이 대사가 진행되는 동안, 하사는 준비된 의자 위에
상장을 하나씩 내려놓는다.

사회

화랑무공훈장 대위, 오대위, 이하 동.
화랑무공훈장 하사, 임하사, 이하 동.
화랑무공훈장 상병, 박상병, 이하 동.
화랑무공훈장 일병, 나일병, 이하 동.
이병, 이하 동.
중사, 이하 동. 병장, 이하 동. 소위, 이하 동.
원사, 이하 동. 중위, 이하 동. 상병, 이하 동.
상사, 이하 동. 일병, 이하 동. 이병, 이하 동.
총 마흔여섯 명 이하 동.
이로써 합동 영결식을 모두 마치겠습니다.
부대 차렷! 유가족들을 향하여 경례!

이병

필승!

생존자들, 거수경례를 한다.

사회

자, 모든 행사는 끝났고요. 공지사항 전하겠습니다.
생존자 여러분들은 기자회견과 사진 촬영이 있으니,

부대 중앙에 있는 영원홀로 집합해주시길 바랍니다.
다시 한 번 말씀드립니다. 생존자들은 기자회견 및
사진 촬영이 있으니, 영원홀로 모여주시길 바랍니다.
모두들 수고하셨습니다.

생존자 및 대위, 퇴장한다.
이병은 의자에 놓여 있는 상장을 든다.
목이 메인 목소리로.

안이병

전 어디에 있었는지 다 기억납니다. 그날
무슨 일이 있었는지 다 보았습니다. 그날 나는
죽은 자들의 곁에서 다 보았습니다.

어디선가 환영처럼 잠수부 나온다.
사망자들은 한 명씩 걸어 나오며 앞 장에 했던
자신의 대사들을 조용히 읊조린다.
망연자실한 표정으로 이들을 바라보고 있는 안이병이
울기 시작하면,

암전.

165

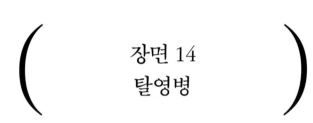

장면 14
탈영병

등장인물

탈영병
아줌마
헌병들

탈영병

등록금도 등록금이지만 학교가 나하곤 안 맞더라구요.

아줌마

적성 따위 무시하고, 학교 열심히 다녀서 학점
따고. 눈치껏 장학금 타고 다니면 되잖아. 적당히
시간 지나면 졸업도 하고 취업도 할 거고.

탈영병

근데 그게 잘 안 돼요. 바보 같이. 마음속에서
매일 뭔가 술술 빠져나가는 거 같아요. 더러운 기분
같은 거 있어요. 이 기분은 뭐지? 갑자기 식욕도
없어지고, 살 쭉 빠지면서 매사 흥미가 없더라구요.

아줌마

사춘기 왔구나! 그럴 때 연애를 해야 하는데.

탈영병

그래서 생각해 봤어요. 내가 왜 이렇게 살아야 하지?
신문만 펼쳐도 사방에서 사람들이 죽을 지경이다,
아우성들인데. 난 왜 이렇게 무심하게 편한 거지?
정말 내가 그런 한가한 인생인가? 물어봤어요, 나한테.

169

아줌마

그랬더니?

탈영병

답이 나왔어요. 의문이 풀렸어요. 이건 내 길이 아니다.
그래서 학교 때려치고 몸으로 때우는 일 찾아나섰죠.
한 학년 휴학하면서 노가다 시작했어요.

아줌마

사서 고생이구나, 젊은 애가.

탈영병

근데 아줌마, 전화했지요?

아줌마

아까 봤잖아. 네 앞에서 거는 거?

탈영병

그런데 왜 아직 안 오는 거죠?

아줌마

오겠지. 너 초조하구나?

탈영병

혹시 장난전화로 착각한 건 아니겠죠?

아줌마

그럼. 네 군번이랑 이름 다 말했는데,
바로 출동한다 그랬어. 기다려, 곧 오겠지.
노가다 뛰어서, 돈 많이 벌고?

탈영병

네, 많이 벌었어요. 벌어서 학자금 대출, 원금
다 갚고 자원했어요, 군대.

아줌마

노가다나 계속하지, 왜?

탈영병

그냥 가보고 싶었어요. 저 원래 삼대 독자 면젠데
군인 돼보고 싶었어요.

아줌마

남들은 기를 쓰고 빠지는데 너 참 희한한 새끼다.

탈영병

그러게요, 어차피 사는 게 전쟁이고, 우린 모두

군인이라고 생각했어요.

아줌마

그런데 왜 애써 간 군대를 탈영을 했어?

탈영병

거기도 똑같더라고요. 군대나 사회, 하나도 다른 게
없어요. 그래서 나왔어요.

아줌마

넌 들어가고, 나오고 순 네 맘대로구나!

탈영병

집도 그렇고 학교도 그렇구 군대도 그렇고 왜 난
아무 데도 적응을 못 하지요? 나도 내가 이렇게까지
병신인 줄은 몰랐어요.

아줌마

너 병신 아냐. 누구나 다 그런데 참고 사는 거야.
안 맞는 신발이지만 그래도 그냥 신고 다니는 거야.
이 자갈길 맨발로 다닐 순 없잖아.

탈영병

고마워요. 아줌마! 생면부지 사람 말 들어줘서.

아줌마

무슨 소리, 내가 고맙지. 사람들이 나를 보면
내가 어쩌다 이렇게 폐인이 됐는지 궁금해 해. 근데
넌 나한테 이것저것 묻지 않고 네 이야기하잖아.
우리가 부러운 게 뭔지 알아? 밥 먹고 술 잘 먹는 거?
그런 거 아니야. 그건 언제든 해결할 수 있지.
우리도 남의 이야기 들어주면서 꼴에 카운슬러도
해주고, 그렇게 살고 싶거든. 고맙다. 정말 고맙다.
술 사주지, 탈영병 현상금 타게 해주지. 너 귀인이야!
정말 돈 주지?

탈영병

그럼요. 아줌마가 저 신고한 거잖아요? 제가
군대 가기 전에 제일 마지막으로 한 일이 뭔지 아세요?
영화 봤어요, 〈홀리모터스〉라고 외국 영환데요.
한 남자가 무슨 좋은 승용차 타고 새벽부터
해 질 때까지 하루에 아홉 번 다른 인생을 사는
얘기예요. 영화 보면서 정말 저 성질나더라고요.
나는 한 인생도 제대로 못 사는데, 그 주인공은
아홉 번의 인생을 계속 즐기더라구요.

아줌마

젊은 놈이 왜 그렇게 자신이 없어? 난 길에서
살면서도 잘 사는데.

173

탈영병

그러게요. 정말 웃기지 않아요? 탈영을 했는데
갈 데가 없어요. 멋지게 독립군 한 번 되고 싶었는데
이렇게 패잔병으로 끝나네요. 한심하죠?

아줌마

한심한 줄 알면 지금이라도 정신 차려, 세상이
얼마나 빡빡한데. 애, 정말 헌병 왔다.

탈영병

네, 왔네요, 진짜!

헌병들 총 들고 다가오며

헌병

꼼짝 마! 움직이면 쏜다!

아줌마

미안, 나 갈게!
(가지 않는다)

탈영병

네, 들어가세요!

헌병

탈영병 이원재 병장, 손 들어!

탈영병

손을 안 들면?

헌병

다가오지 마! 움직이면 쏜다!

탈영병

왜 날 쏴야 하지? 내가 뭘 잘못했는데?

헌병

근무 중 무장이탈! 군형법에 의거, 너를 체포한다!

탈영병

좆 까고 있네. 내 인생 내가 이탈하는 데 니들이
왜 날 체포해, 이 씨발놈들아!

헌병

움직이면 쏜다.

아줌마

쏘지 마, 쏘지 마 안 돼, 안 돼.

175

탈영병

아줌마 왜 아직 계세요? 어여 가세요.
여기 있으면 흉한 꼴 봐요!

헌병

총 버려, 총 버려.

헌병

총 버려, 이원재 병장!

아줌마

쏘지 마세요. 얘 지금 자수하는 거예요.

탈영병

아니요, 저 자수 안 해요. 아줌마 제가 아까 얘기했죠.
우린 모두 전쟁 중이고, 우린 모두 군인이라고.
누군가를 죽이거나 누군가에 죽어야 하는데
아, 난 왜 자신이 없죠? 내가 여기서 이렇게
끝나는 건 상상도 못 했는데… 아, 왜 난 죽는 걸
택해야 하는 거죠. 아 어쩌다 이렇게 된 거죠?

탈영병, 자신의 머리에 총을 쏘려 할 때
헌병들, 탈영병에게 무차별사격을 가한다.
탈영병, 쓰러진다.

아줌마

(오열하며)

얘 그러지 마!

헌병들 달려든다.

아줌마, 계속 오열한다.

이 연극에 등장한 모든 군인들이 환영처럼 무대로 나온다.

암전.

막.

이음 희곡선

이음희곡선

모든 군인은 불쌍하다

©박근형 2016

처음 펴낸날 2016년 3월 10일
개정판 1쇄 2021년 9월 8일
개정판 2쇄 2024년 8월 1일

지은이 박근형

펴낸이 주일우
펴낸곳 이음
출판등록 제2005-000137호 (2005년 6월 27일)
주소 서울시 마포구 월드컵북로 1길 52 운복빌딩 3층
전화 02-3141-6126 팩스 02-6455-4207
전자우편 editor@eumbooks.com
홈페이지 www.eumbooks.com
페이스북 @eum.publisher 인스타그램 @eum_books

편집 김소원
아트디렉션 박연주 디자인 권소연
홍보 김예지 지원 추성욱

ISBN 979-11-90944-38-0 04810
ISBN 978-89-93166-69-9 (세트)

값 15,000원